Adaptation : Sophie Koechlin
Maquette : Céline Trouvé

Édité par Hachette Livre : 58, rue Jean Bleuzen – 92178 Vanves Cedex
Imprimé par Estella Graficas en Espagne – Achevé d'imprimer : avril 2021
ISBN : 978-2-01-627477-4 – Édition 04 – Dépôt légal : janvier 2018
Loi n° 49-956 du 16 juillet 1949 sur les publications destinées à la jeunesse.

Pour tout renseignement concernant nos parutions, nous contacter par téléphone
au 01 43 92 38 88 ou par e-mail : disney@hachette-livre.fr

Pour l'éditeur, le principe est d'utiliser des papiers composés de fibres naturelles, renouvelables, recyclables et fabriquées à partir de bois issus de forêts qui adoptent un système d'aménagement durable. En outre, l'éditeur attend de ses fournisseurs de papier qu'ils s'inscrivent dans une démarche de certification environnementale reconnue.

Disney

Pinocchio

hachette
JEUNESSE

Cette nuit, un ciel serein baigne l'Italie. Tout près des collines, **l'Étoile des voeux** scintille encore plus que les autres étoiles, mais qui pourrait la voir, dans ce petit village où presque tout le monde est endormi ? L'habitant de cette maisonnette aux fenêtres éclairées, peut-être…

Est-ce lui ? Non, ce minuscule voyageur s'appelle **Jiminy Criquet**. Épuisé par une longue marche, il vient de se glisser sous la porte d'entrée et découvre un vaste atelier bien chauffé et rempli d'outils, de boîtes à musique et de jolis jouets sculptés.

Amusé, le visiteur parcourt les étagères. Qu'est-ce donc que cela ? **Une marionnette !** Elle n'a pas encore de bouche, mais elle est si bien faite qu'on la croirait vivante. Jiminy en reste admiratif, jusqu'à ce qu'un bruit dans l'escalier l'oblige à se cacher.

Geppetto, l'artiste qui a créé tous ces objets, entre
dans la pièce. Sous les yeux de son chat Figaro et de Cléo,
son poisson rouge, il peint un fin sourire sur le visage de son pantin.

– N'est-il pas mignon, les amis ? **Je vais l'appeler Pinocchio**.
Et maintenant, allons nous coucher !

Or, juste avant de s'endormir, Geppetto regarde l'Étoile des vœux en songeant à la joie qu'il éprouverait si Pinocchio devenait **un vrai petit garçon**.

Quelques instants plus tard, dans un doux éclat bleu, une ravissante fée apparaît...

– Bonsoir, Pinocchio ! dit-elle. Selon le vœu de Geppetto, je te donne la vie !

Instantanément, Pinocchio semble s'éveiller.
Stupéfait, Jiminy s'approche.

– Oh, je bouge… et je parle ! s'écrie le pantin, tout étonné.

– Oui, tu es vivant. Mais attention : si tu veux devenir un vrai petit garçon, tu devras te montrer **courageux, sincère et généreux**, explique la Fée Bleue.

Avec un sourire, elle se tourne vers Jiminy.

– Pinocchio doit apprendre à distinguer le bien du mal.
Veux-tu être sa conscience ?

– J'en serai très honoré ! répond le brave criquet.

D'un coup de baguette magique, le voilà superbement habillé !
Puis la Fée disparaît...

Pinocchio est si content qu'il se met à danser. Évidemment, le bruit qu'il fait réveille Geppetto, qui se rue dans l'escalier.

– Pinocchio ! **Tu es vivant !** Oh merci, mon vœu s'est réalisé ! s'exclame-t-il en soulevant le garçonnet. Bienvenue chez toi, fiston !

Le lendemain, Pinocchio est prêt pour **sa première journée d'école**. Tout ému, Geppetto l'accompagne sur le perron.

– Étudie bien, sois gentil et amuse-toi avec tes camarades. À ce soir !

– À ce soir, papa ! répond Pinocchio, très excité par sa nouvelle vie.

Mais, alors qu'il chemine sagement, deux canailles le remarquent.

– Tu as vu ça, Gédéon ? C'est une marionnette sans fil !

– Bonne aubaine, Grand-Coquin… Elle doit valoir de l'or !

– **Si nous la vendons à Stromboli** pour son théâtre, nous ferons une bonne affaire !

L'air enjoué, ils abordent le petit pantin naïf.

– Tu vas à l'école ? Mais c'est très ennuyeux, l'école ! Viens avec nous, nous te présenterons à **quelqu'un qui fera de toi une star !**

Jiminy a beau crier à son ami de se méfier, Pinocchio accepte de les suivre…

Impuissant, le criquet court derrière le trio.
Pinocchio est si facile à duper !

– **Fais-nous confiance**, tu es un acteur-né !
le flatte Grand-Coquin.

– Et tu vas vite connaître la gloire ! ajoute Gédéon.

Quelques minutes plus tard, ils entrent dans la roulotte de Stromboli.

Le soir même, Pinocchio donne sa **première représentation** sur la scène du petit théâtre. Tout content, il enchaîne les cabrioles devant un public enthousiaste. Très vite, les pièces d'or pleuvent sur Stromboli !

Mais, à la fin du spectacle, le méchant homme montre son vrai visage : après avoir ramassé ses gains, **il enferme Pinocchio dans une cage**.

– Désormais, tu dormiras ici. Et, si tu ne m'obéis pas, je te découperai en bois à brûler ! gronde-t-il.

La nuit venue, Pinocchio appelle Jiminy. Heureusement, le criquet a réussi à se cacher tout près !

– **Sors-moi de là, je t'en prie**, chuchote le pantin. Je ne veux pas finir brûlé !

– S'il vous plaît, madame la Fée, aidez-nous ! soupire Jiminy, à court d'idées.

Au village, Geppetto, **fou d'inquiétude**, cherche partout son fils.

– Pinocchio ! Où es-tu ? Réponds-moi, je t'en prie !

Comment pourrait-il se douter que Pinocchio est prisonnier au loin, dans la roulotte d'un marionnettiste ?

Heureusement, la Fée Bleue a entendu la prière de Jiminy.

– Pourquoi n'es-tu pas allé à l'école, aujourd'hui, Pinocchio ? demande-t-elle.

– Heu ! J'ai rencontré un monstre aux yeux verts..., invente le pantin, honteux.

Mais, **plus il prononce de mensonges, plus son nez s'allonge !**

– À chaque fois que tu mentiras, ton nez grandira ! prévient la Fée Bleue.

Affolé, **Pinocchio promet de toujours dire la vérité**. La Fée lui rend alors son apparence et le libère.

– Rentrons vite à la maison ! s'écrie Jiminy, soulagé.

Mais Pinocchio court si vite que, bientôt, le minuscule criquet le perd de vue… Or, à l'entrée du village, il croise **Grand-Coquin et Gédéon**, qu'un riche cocher vient de charger d'une étrange mission…

– Pinocchio, quelle joie de te revoir ! s'exclament-ils en chœur.

Aussitôt, ils recommencent à lui mentir.

– Tu as l'air épuisé et tu as de la fièvre..., dit Grand-Coquin. Tu devrais partir prendre l'air. Justement, l'un de nos amis nous a proposé de trouver des enfants pour **un merveilleux séjour sur son île Enchantée**. Tous les malades en reviennent guéris !

Évidemment, **c'est un nouveau piège**… Mais, étourdi de chansons et de promesses, Pinocchio décide d'aller sur cette extraordinaire île Enchantée. Et le pauvre Jiminy, qui arrive tout essoufflé, ne peut que constater que son ami s'est encore fait embobiner !

Bientôt, le mystérieux cocher fait claquer son fouet et sa diligence remplie de gamins joyeux s'élance dans la brume. D'un bond, **Jiminy parvient à s'y cacher**.

– En route vers l'île Enchantée ! crient les passagers, sans remarquer les yeux tristes des petits ânes de l'attelage.

Dès leur arrivée sur l'île, tous les garçons s'émerveillent : partout, **des jeux, des glaces, des friandises !** Or, tandis qu'ils se précipitent pour explorer ce paradis, le cocher s'éclipse pour verrouiller derrière eux de lourdes portes…

Très inquiet, Jiminy inspecte l'île de fond en comble. Lorsqu'il retrouve enfin Pinocchio, **sa déception est immense** : non seulement le petit pantin est devenu ami avec un épouvantable garnement mais en plus il ne fait que des bêtises !

Il y a pire que ça pourtant,
et Pinocchio s'en aperçoit très vite :
après quelques heures passées
sur cette île maudite, **les enfants sont transformés en ânes**
et envoyés travailler dans les mines...

Déjà, l'ami de Pinocchio ne sait plus
rien faire que braire et ruer !

La terreur donne des ailes, dit-on. Par miracle, Pinocchio et Jiminy réussissent à s'enfuir et regagnent le village. Déposée par une mouette, une lettre les attend sur le perron de la maison de Geppetto.

– Ton père est parti à ta recherche, lit Jiminy. Il est vivant, mais il s'est fait avaler par **Monstro, le cachalot !**

Bien décidé à **sauver son père**, Pinocchio se rue vers la mer et plonge dans ses eaux. Soudain, il voit Monstro ! L'énorme cétacé s'est endormi près du rivage.

– Pour rejoindre papa, il va falloir nous laisser avaler nous aussi. Viens Jiminy !

Prisonniers du ventre de Monstro, Geppetto, Figaro et Cléo se désespèrent.

– Si Monstro continue à dormir comme ça, nous n'aurons pas de poisson pour dîner... Et mon pauvre Pinocchio qui a disparu ! Comment allons-nous sortir d'ici ?

Soudain, le cachalot ouvre un œil et se met à bâiller. Tourbillonnant au milieu d'un banc de poissons, **Pinocchio se laisse aspirer**. Incapable de le suivre, Jiminy nage vers la surface pour éviter de se noyer… et tombe au fond d'une bouteille !

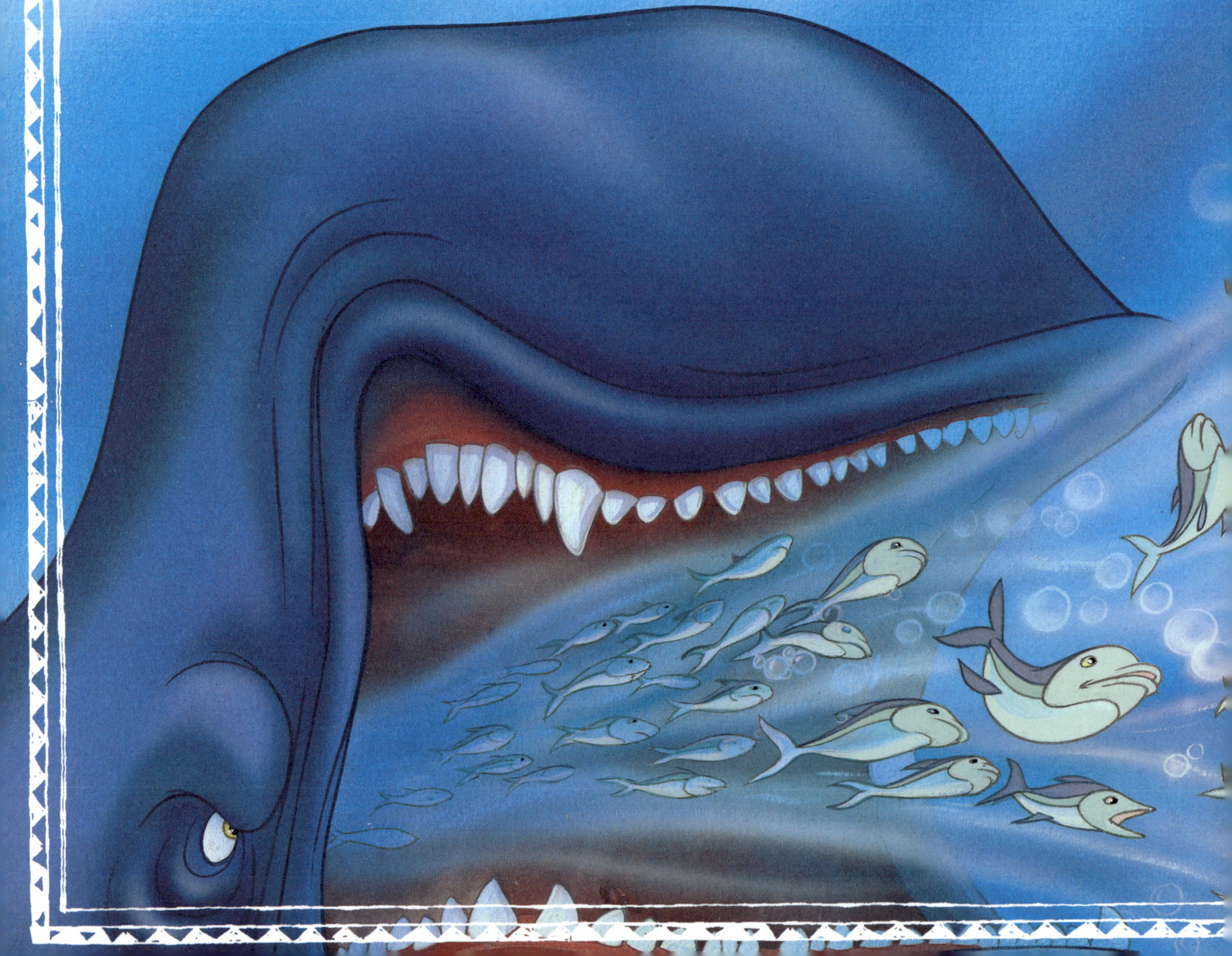

De son côté, Geppetto voit se courber
sa canne à pêche.

– J'ai une prise ! Monstro s'est réveillé,
nous sommes sauvés !

Les poissons s'entassent dans le panier. Puis la ligne
se tend à nouveau, Geppetto tire de toutes ses forces…
et hisse Pinocchio à ses côtés !

Après la joie des retrouvailles, il faut songer à s'évader.

– J'ai une idée, dit Pinocchio. Entassons tout le bois que nous trouverons et **allumons un feu**. Avec un peu de chance, Monstro éternuera, ce qui nous chassera de son estomac…

Le plan marche à merveille ! Gêné par la fumée, le cachalot renifle et se met à tousser. Et tout à coup il éternue si fort que, accrochés à un petit radeau, **Geppetto, Pinocchio, Cléo et Figaro sont éjectés !**

Maintenant, il va falloir ramer…

Hélas, la colère de Monstro est telle qu'il brise le radeau !

– Tiens bon, papa ! Nous allons y arriver ! crie Pinocchio en fonçant au secours de Geppetto.

À cet instant, **une énorme vague** soulève nos amis...

… et les dépose en douceur sur le rivage. Épuisé, Geppetto regarde autour de lui. Tout le monde est sain et sauf, mais **Pinocchio, le nez dans l'eau, ne bouge plus !**

– Mon enfant, mon pauvre enfant ! s'écrie le vieil artiste en prenant dans ses bras son cher petit pantin.

Une fois rentré chez lui, il dépose le corps évanoui sur un lit.

– **Pinocchio... tu m'as sauvé la vie !** Comment te remercier ? sanglote-t-il.

Son désespoir est si profond qu'il ne remarque pas la douce lueur bleue qui inonde la chambre. Ne serait-ce pas la Fée Bleue ?

Mais si, c'est elle ! Pinocchio s'est montré si loyal
et si courageux qu'en récompense la magicienne lui rend la vie
et lui donne **un vrai corps d'enfant !**

Tandis que Jiminy, sa mission terminée, s'éclipse avec la Fée
sur la pointe des pieds, le père et le fils se mettent à danser.
Leur bonheur est désormais complet !